অদ্ভুত গ্রেস

লিখেছেন: মেরী হফম্যান
ছবি এঁকেছেন: ক্যারোলাইন বিন্‌চ্

For Buchi Emecheta *M.H.*
For Joe *C.B.*

Amazing Grace

Written by
Mary Hoffman

Illustrated by
Caroline Binch

Translated by Kanai Datta

Magi Publications, London

ছোট্ট মেয়ে গ্রেস গল্প খুব ভালবাসে।
সে গল্প তাকে পড়ে শোনানই হউক বা বলাই হউক অথবা নিজে নিজে সে বানিয়েই নিক, তাতে তার কিছু যায় আসে না। এমন কি সে এই নিয়েও মাথা ঘামায় না যে ঐ গল্প বই–এর না টিভি–র বা কোন সিনেমার অথবা ভিডিও কিম্বা দিদার দীর্ঘ স্মৃতি থেকে বানানো। গল্প হলেই গ্রেস ভালবাসে।
গল্প শোনার পর অথবা কখন কখনও শুনতে শুনতেই গ্রেস সেই গল্পের অভিনয় করতে শুরু করে। আর সব সময়েই ও নিজে বেছে নেয় সবথেকে বড় ভূমিকাটা।

Grace was a girl who loved stories.
She didn't mind if they were read to her or told to her or made up in her own head. She didn't care if they were from books or on TV or in films or on the video or out of Nana's long memory. Grace just loved stories.
And after she had heard them, or sometimes while they were still going on, Grace would act them out. And she always gave herself the most exciting part.

গ্রেস জোয়ান অফ আর্কের মত যুদ্ধ করে . . .

Grace went into battle as Joan of Arc . . .

এবং স্পাইডারম্যান অ্যানানসির মত একটা দুষ্টু জাল বুনে ফেলে।

and wove a wicked web as Anansi the spiderman.

ট্রয় নগরীর গেটের সামনে একটা কাঠের ঘোড়ার মধ্যে লুকিয়ে পড়ে . . .

She hid inside the wooden horse at the gates of Troy . . .

হ্যানিবল ও একশো হাতি নিয়ে সে আলপ্‌স্‌ পর্বত পার হয় . . .

she crossed the Alps with Hannibal and a hundred
elephants . . .

একটা ভাঙা পা ও একটা তোতাপাখি নিয়ে সাত
সমুদ্র পার হয় . . .

she sailed the seven seas with a peg-leg
and a parrot.

রোদ ঝলমলে সমুদ্রের পারে হাইয়াওয়াথা সেজে বসে থাকে

She was Hiawatha, sitting by the shining Big-Sea-Water

এবং পিছনের বাগানের গাছপালার মধ্যে মাওগ্লি হয়ে যায়।

and Mowgli in the back garden jungle.

তবে গ্রেস সবচেয়ে ভালবাসে প্যান্টোমাইমের মূকাভিনয় করতে। ও ভালবাসে ডিক উইটিংটন হয়ে লন্ডন শহরের ঘন্টা শুনতে অথবা আলাদীন হয়ে যাদু প্রদীপটি ঘসতে। প্যান্টোমাইমের সবচেয়ে ভাল চরিত্রগুলি পুরুষ কিন্তু গ্রেস তবু ওগুলোই সেজে খেলা করে।

But most of all Grace loved to act pantomimes. She liked to be Dick Whittington turning to hear the bells of London Town or Aladdin rubbing the magic lamp. The best characters in pantomimes were boys, but Grace played them anyway.

আর কেউ কাছে না থাকলে গ্রেস সবকটি পাঠ নিজেই করে। সে হাজার হাজার
ভূমিকায় একাই পাঠ করে। প–প বিড়াল সময়ে সময়ে সাহায্য করে। আবার কখনো
সে মা ও দিদাকেও ওর সাথে করতে রাজি করায়, ওঁরা অন্য কাজে ব্যস্ত না থাকলে।
ও তখন ডাক্তার গ্রেস হয় আর ওঁদের প্রাণ থাকে ওরই হাতে।

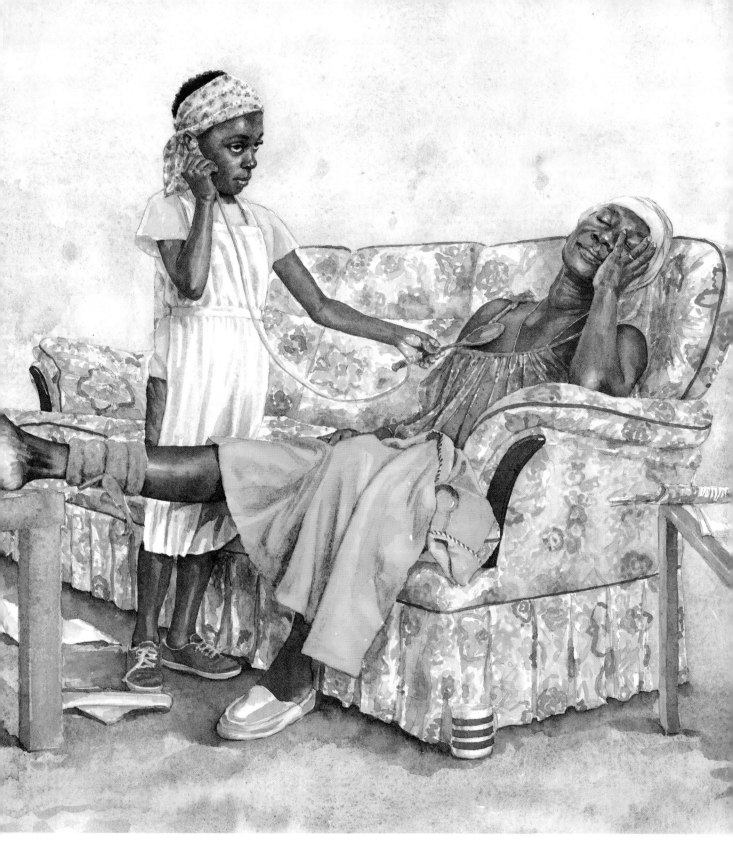

When there was no-one else around, Grace played all the parts herself.
She was a cast of thousands. Paw-Paw the cat usually helped out.
And sometimes she could persuade Ma and Nana to join in, when they
weren't too busy. Then she was Doctor Grace and their lives were in
her hands.

একদিন ওর স্কুলের টিচার বললেন, সকলে "পিটার প্যান" অভিনয় করবে। গ্রেস হাত তুলে জানায় ও হতে চায় ...... পিটার প্যান।

রাজ বলে ওঠে, "তুমি পিটার হতে পার না, ওটা একটা ছেলের নাম।"

গ্রেস কিন্তু হাত উঠিয়েই রাখল।

নাতালী ফিসফিস করে বলল, "তুমি পিটার প্যান হতে পার না, সে কালো ছিল না।"

কিন্তু গ্রেস তবুও হাত উঠিয়েই রাখল।

"বেশ," টিচার বললেন, "তোমাদের অনেকেই পিটার প্যান হতে চাও। তাই আমাদের একটা মহলা নিয়ে দেখতে হবে, কে যোগ্য। আগামী সোমবার আমরা পাঠ ঠিক করব।"

One day at school her teacher said they were going to do the play of
Peter Pan. Grace put up her hand to be . . . Peter Pan.
"You can't be called Peter," said Raj. "That's a boy's name."
But Grace kept her hand up.
"You can't be Peter Pan," whispered Natalie."He wasn't black."
But Grace kept her hand up.
"All right," said the teacher. "Lots of you want to be Peter Pan, so we'll
have to have auditions. We'll choose the parts next Monday."

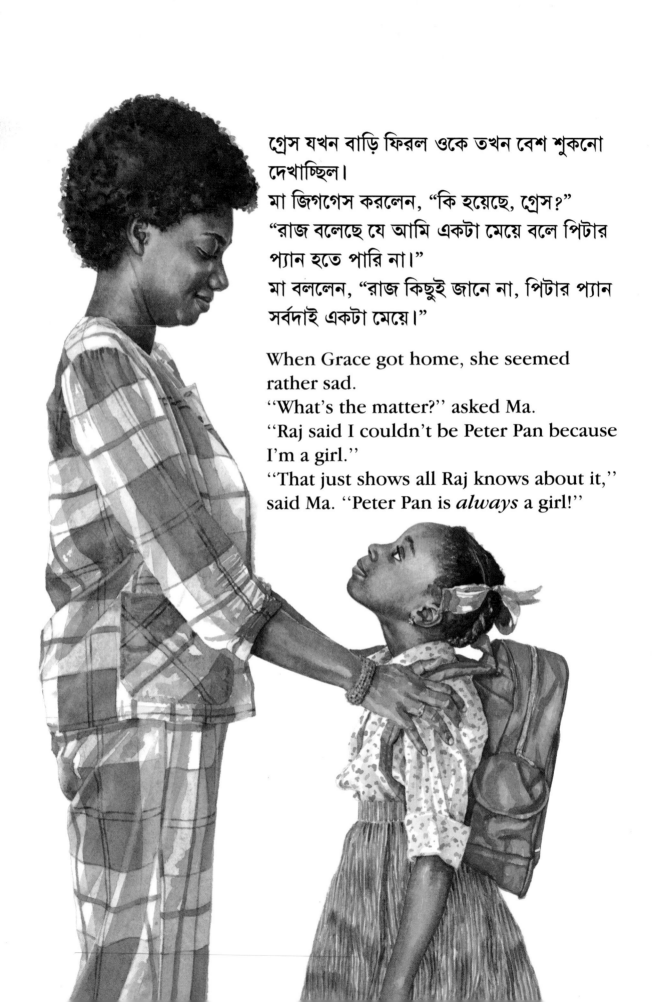

গ্রেস যখন বাড়ি ফিরল ওকে তখন বেশ শুকনো দেখাচ্ছিল।
মা জিগগেস করলেন, "কি হয়েছে, গ্রেস?"
"রাজ বলেছে যে আমি একটা মেয়ে বলে পিটার প্যান হতে পারি না।"
মা বললেন, "রাজ কিছুই জানে না, পিটার প্যান সর্বদাই একটা মেয়ে।"

When Grace got home, she seemed rather sad.
"What's the matter?" asked Ma.
"Raj said I couldn't be Peter Pan because I'm a girl."
"That just shows all Raj knows about it," said Ma. "Peter Pan is *always* a girl!"

গ্রেস বেশ খুশি হ'ল, তবে পরে ওর আর একটা কথাও মনে পড়ল। সে বলল,
"নাতালী বলেছে যে আমি কালো বলে আমি পিটার প্যান হতে পারি না।"
এতে মা বেশ রেগে উঠলেন, কিন্তু দিদা তাঁকে শান্ত করলেন।
উনি বললেন, "এর থেকেই বোঝা যাচ্ছে যে নাতালীও কিছু জানে না। গ্রেস, তুমি যে
কোন পাঠই করতে পারো যদি তাতে পুরো মনোযোগ দাও।"

Grace cheered up, then later she remembered something else.
"Natalie says I can't be Peter Pan because I'm black," she said.
Ma started to get angry but Nana stopped her.
"It seems that Natalie is another one who don't know nothing," she
said. "You can be anything you want, Grace, if you put your mind to it."

ROSALIE
WILKINS
in
ROMEO & JULIET

ROMEO AND JULIET

ROSALI W NS
STUNNING NEW

পরের দিনটা ছিল শনিবার। দিদা গ্রেসকে বললেন যে ওঁরা সেদিন বেরুবেন। বিকালের দিকে ওঁরা একটা বাস ও তারপর একটা ট্রেন ধরে শহরে গেলেন। দিদা গ্রেসকে একটা বিরাট থিয়েটারে নিয়ে গেলেন। তার বাইরে সুন্দর জ্বলজ্বলে হরফে লেখা আছে, "রোমিও ও জুলিয়েটে রোজালী উইলকিনস"।

Next day was Saturday and Nana told Grace they were going out.
In the afternoon they caught a bus and a train into town.
Nana took Grace to a grand theatre. Outside it said,
"ROSALIE WILKINS in ROMEO AND JULIET" in beautiful sparkling lights.

গ্রেস জিগগেস করল, “আমরা কি ব্যালে দেখতে যাচ্ছি, দিদা?”
“হ্যাঁ সোনামনি, কিন্তু আমি আগে তোমাকে এই ছবিগুলো দেখাতে চাই।”
দিদা গ্রেসকে দেখলেন ঝকঝকে নাচের পোষাক পরা একটা সুন্দরী মেয়ের কয়েকটি ছবি। একটা ছবির গায়ে লেখা আছে, “অপূর্ব সুন্দর নূতন জুলিয়েট!”

‘‘Are we going to the ballet, Nana?’’ asked Grace.
‘‘We are, Honey, but I want you to look at these pictures first.’’
Nana showed Grace some photographs of a beautiful young girl dancer in a tutu. ‘‘STUNNING NEW JULIET!’’ it said on one of them.

দিদা বললেন, "ও হচ্ছে ছোট্ট রোজালী, আমাদের দেশ ত্রিনিদাদ থেকে এসেছে। ওর দিদা আর আমি ওদেশে এক সঙ্গে বড় হয়েছি। ও সব সময়ে আমাকে জিগগেস করে যে আমি ওর ছোট্ট রোজালীর নাচ দেখার জন্য টিকিট চাই কি না। এবার আমি বললাম, আচ্ছা, দাও।"

"That one is little Rosalie from back home in Trinidad,"
said Nana. "Her Granny and me, we grew up together on the island.
She's always asking me do I want tickets to see her little girl dance –
so this time I said yes."

ব্যালে দেখার পর থেকেই গ্রেস ওর ঘরে আপন মনে কল্পনায় সুন্দর নাচের পোষাক পরে জুলিয়েটের মত নাচতে থাকে। সে ভাবে, "যে পাঠ ইচ্ছে তাই-ই আমি করতে পারি। আমি পিটার প্যানও হতে পারি।"

After the ballet, Grace played the part of Juliet, dancing around her room in her imaginary tutu. "I can be anything I want," she thought. "I can even be Peter Pan."

সোমবার ওদের অভিনয়ের মহলা নেওয়া হল। টিচার সারা ক্লাসকে ভোট দিয়ে কে কি পাঠ করবে ঠিক করতে বললেন। ঠিক হল, রাজ করবে ক্যাপ্টেন হুকের পাঠ। নাতালী হবে ওয়েনডী। তারপর ওদের ঠিক করতে হবে পিটার প্যান।

গ্রেস ঠিক জানত যে ওকে কি করতে হবে আর কি কি বলতে হবে। এই ভূমিকায় সে বহুবারই অভিনয় করেছে নিজের বাড়িতে। সব ছেলেমেয়েরাই ওকে ভোট দিল।

নাতালী বলল, "খুব ভাল করেছ তুমি।"

On Monday they had the auditions. Their teacher let the class vote on the parts. Raj was chosen to play Captain Hook. Natalie was going to be Wendy. Then they had to choose Peter Pan.
Grace knew exactly what to do – and all the words to say. It was a part she had often played at home. All the children voted for her.
''You were great,'' said Natalie.

প্লে-টা খুবই ভাল হল এবং গ্রেস সুন্দর পাঠ করল পিটার প্যানের ভূমিকায়।
সব হয়ে যাওয়ার পর ও বলল, "মনে হচ্ছে, আমি যেন উড়ে উড়ে বাড়ি চলে যেতে পারি!"
মা বললেন, "তুমি হয়তো তা-ও পার।"
দিদা বললেন, "হ্যাঁ, মনোযোগ দিলে গ্রেস যে কোন কাজই করতে পারে।"

The play was a great success and Grace was an amazing Peter Pan.
After it was all over, she said, "I feel as if I could fly all the way home!"
"You probably could," said Ma.
"Yes," said Nana. "If Grace put her mind to it – she can do anything
she want."